아이 캔

임어진 소설 | 임지수 그림

아이 캔

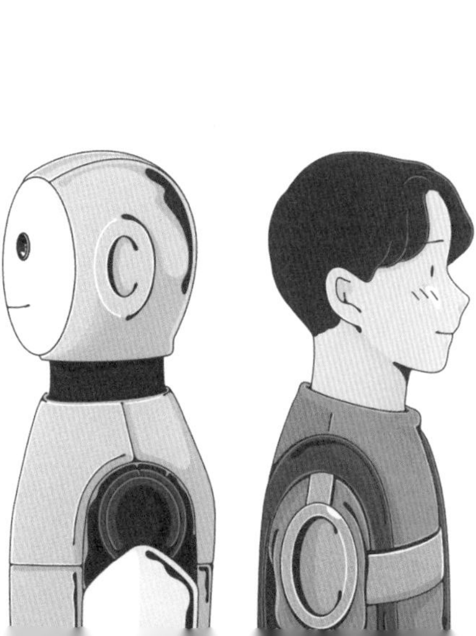

창비

차 례

거리가 불타고 있었다. 사람들이 몰려나와 무언가를 집어 던지고 때려 부수고 있었다. 도로가 수직으로 곤두섰다. 하늘로 솟은 거대한 벽 같았다. 그 벽이 빙글빙글 돌았다. 광경이 흐릿해졌다. 소음도 희미해졌다. 누군가가 아까부터 자꾸 내 이름을 불렀다.

"이룬, 이룬……. 룬아."

나직하게 부르는 낯선 목소리 사이로 다급한 엄마 목소리가 들렸다.

"룬아!"

캔의 목소리도 들린 것 같았다.

'엄마!'

엄마를 부르는 내 목소리까지 뒤섞여 귓전을 울렸다.

누군가 계속해서 내 이름을 부르며 눈을 떠 보라고 했다. 무거운 눈꺼풀을 애써 밀어 올렸다. 희미한 천장 불빛이 눈에 스며들었다.

"룬이 눈을 떴어요!"

내려다보는 얼굴들이 낯설었다. 반투명한 막 너머를 보는 것처럼 시야가 흐릿했다.

"룬, 정신이 드니?"

당연한 순서처럼 '여기가 어디예요?' 하고 물어야 옳았다. 하지만 묻지 않았다. 사람들의 모습, 천장에 매달린 의료 기구들이 지금 있는 곳을 말해 주었다. 병원 수술실.

내 이름을 부르던 엄마의 절규는 금속 동체들의 엄청난 파열음 속에 묻혀 버렸지만 여전히 귓가에 울리고 있었다. 두려워도 확인해야 했다.

"엄마는……?"

둘러서 있던 의료진의 표정이 그대로 답을 해 주었다. 예감한 반응이었음에도 피부로 느껴지지 않았다. 엄마가 금세라도 내 이름을 부르며 저 문을 열어젖히고 뛰어 들어올 것만 같았다. 이게 현실일 리가 없다.

아무도, 아무 말도 하지 않았다. 부연 막이 벗겨지는 느낌과 함께 수술실 안의 약 냄새가 후각을

깨웠다. 의료진의 피로감이 훅 끼쳐 왔다.

"수술은 우리 다빈치 3세가 책임지고 잘 해냈어. 마음 놓아도 돼. 다빈치 3세는 세계적으로 알아주는 로봇 의사거든. 다만……."

"캔은……?"

차에는 캔이랑 엄마와 나, 셋이 타고 있었다. 이번에는 대답이 금세 돌아왔다.

"옆방에서 점검하고 복구 중이야."

캔은, 무사하구나. 그래도 다행이다. 캔에게도 이런 표현을 쓸 수 있는지는 모르겠지만, 캔이라도 살아 있다니 다행이다.

하지만 곧 다른 생각이 솟구쳤다. 아니다! 로봇이면서 왜 사고 날 걸 알아채지 못했어? 왜 미리 피하지 못했어? 왜 우리를 지켜 주지 못했어? 왜 엄마를 보호하지 못했어?

고통으로 심장이 아파 왔다. 나는 짐승처럼 울부짖었다.

"그 깡통은 왜 멀쩡한데요? 그 바보 로봇은 왜 아무렇지 않은데요? 왜!"

내가 몸부림을 치자 의료진들이 달려들어 말렸다.

"룬! 캔 잘못이 아니야. 캔도 어쩔 수 없었어."

"뭐가 어쩔 수 없어요? AI 로봇이면 미리 알고 피하게 해 줬어야죠!"

"들어 봐, 룬. 캔에게는 그런 능력이 없다는 거 잘 알잖아. 캔은 제작된 지 17년이나 된 모델이야. 요즘 신형 로봇들과는 달라."

"그래, 룬. 누구도 예상치 못한 사고였어. 마주 오던 차가 갑자기 진로를 바꾸었대. 그 차 운전자도 크게 다쳤고."

수술을 총괄한 의사가 나를 설득했고, 그 뒤에서 있던 간호사가 말을 거들었다.

"하지만 우리 엄마만 왜……."

나는 말을 끝맺지 못하고 고개를 돌려 베개에 얼굴을 묻었다. 몸을 될 수 있는 한 작게 움츠렸다. 할 수만 있다면 보이지 않을 만큼 작아져, 나를 내려다보는 이들 앞에서 아예 사라져 버리고 싶었다. 다리도 한껏 오므려……. 뭔가 이상했다. 다리를 오므려…… 오므리려고 하는데, 거기에 아무것도 없었다.

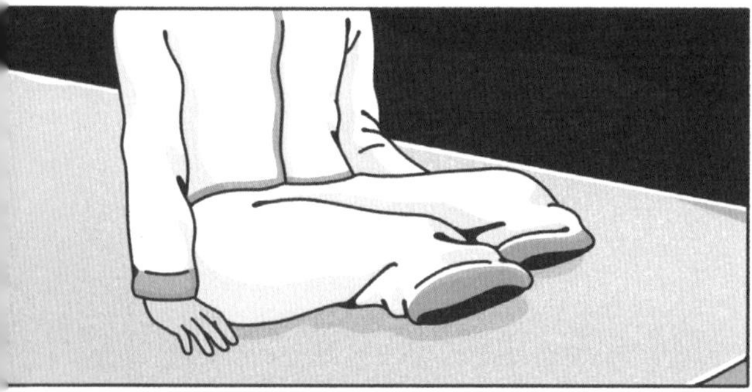

내 비명 소리를 듣고 캔이 옆방에서 달려왔다. 상태를 점검하고 복구할 게 더 남아 있을 텐데, 말려도 소용없었을 거다. 캔은 곧장 나를 끌어안았다.

"룬, 괜찮다. 괜찮다. 많이 놀랐지? 하지만 네가 살아 있으니까 괜찮다. 룬, 알겠어? 너무 괴로워하지 마. 제발, 응?"

"이거 놔! 엄마를 왜 못 구했어? 나는 또 왜 이렇게……. 응? 저리 비켜!"

있는 힘을 다해 캔을 떠밀었지만 캔은 꿈쩍도 안 했다.

"미안하다. 미안하다……."

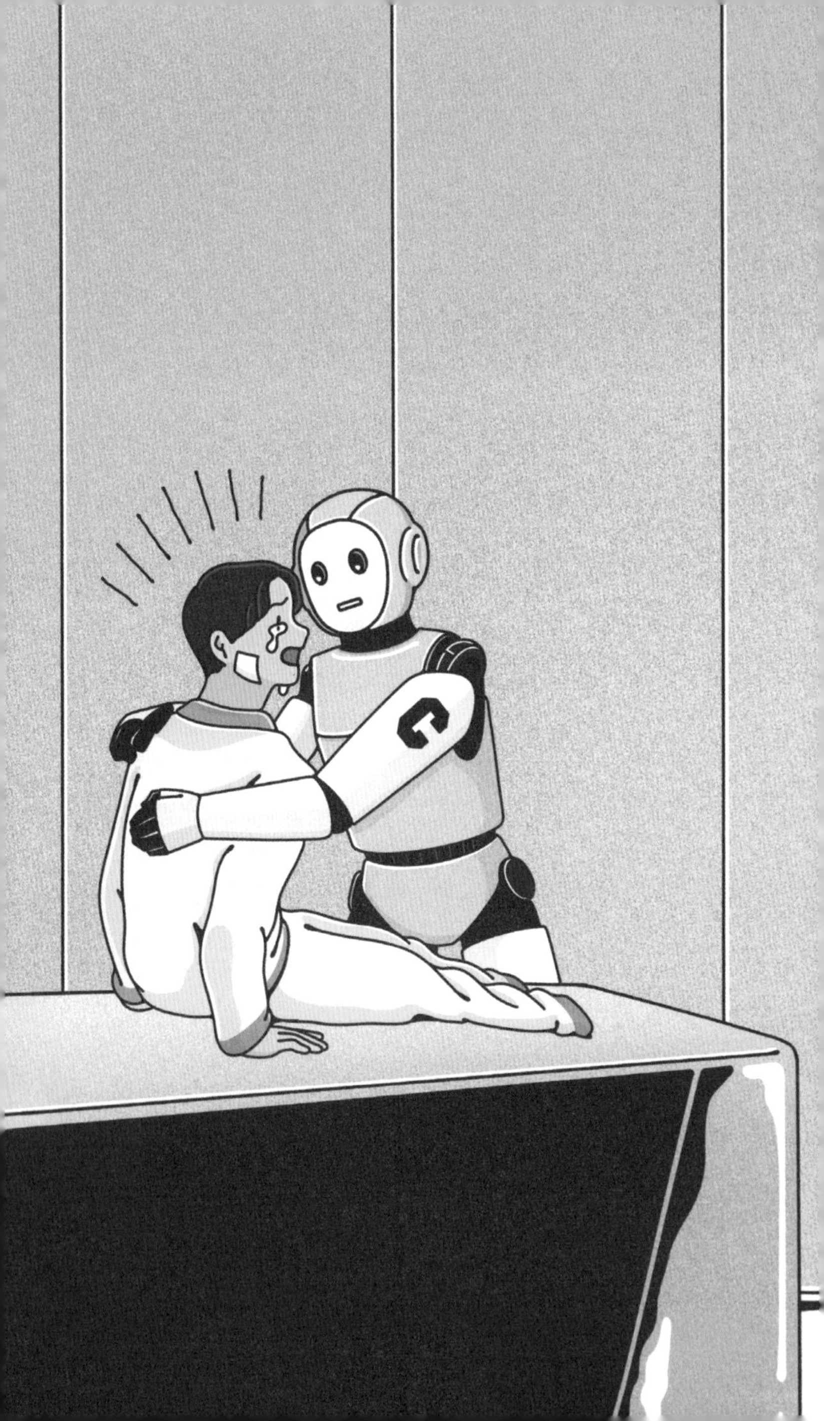

얼마나 시간이 흘렀을까. 이게 사실이어서는 안 된다고 생각했지만, 거부하는 내 아우성과는 상관없이 눈앞에는 믿기지 않는 현실이 그대로 놓여 있었다.

엄마와 나, 캔. 우리 셋이 함께 보내 왔던 시간들은 이제 멈춰 버렸다. 앞으로도 계속 시간이 흐를 거라는 걸 믿을 수가 없었다. 그 시간 안에 있어도 나는 진짜 존재하는 게 아닐 것 같았다. 지금까지의 나와 앞으로의 나는 결코 같을 수 없을 거다.

*

세상은 한 세기 전보다 놀라울 만큼 나아진 듯 보였지만, 일어날 문제들은 여전히 일어났다. 크고 작은 전쟁으로 온통 얼룩졌던 과거 시대와 선을 긋겠다고 했지만, 로봇 병사들이 인간 군인들을 대체한 것 말고는 별반 달라진 게 없었다. 싸우던 나라들은 여전히 싸우고 있었고, 힘의 대결은 결코 없어지지 않고 어디에선가 계속되었다. 가난한 나라

들은 계속 가난했다.

가난하지 않은 나라의 가난한 사람들도 여전히 가난했는데, 그게 불행을 의미하지는 않는다고 정부와 매스컴은 열심히 설득했다. 사람들도 그렇게 믿고 싶어 했다.

도시의 모든 차들은 사람의 도움 없이 물 흐르듯 조화롭게 도로를 누볐다. 하지만 뜻밖의 사고 또한 이번 일처럼 종종 일어났다. 위험을 완벽하게 없애기란 불가능했다. 불완전한 인간이 만든 기계이기에 기계 역시 완벽하지는 않았다.

로봇의 수준은 눈부시게 발전했지만, 사람들은 여전히 논쟁 중이었다. 사람들과 많은 걸 함께할 수 있는 로봇을 만들려고 열정을 쏟는 이들은 줄

기차게 존재했다. 그런가 하면 공포에 질려 로봇을 밀쳐 내고 경고음을 울려 대는 이들도 상당했다.

"인간을 능가하는 기계가 있어서는 안 됩니다! 결국은 인류를 파멸시킬 겁니다!"

어디서나 들을 수 있는 소리였지만, 모든 사람들이 심각하게 듣지는 않았다. 로봇이 사람보다 비용이 덜 든다고 판단하거나 훨씬 쉽게 어려운 일들을 해낸다는 걸 인정하는 이들도 많았다.

값싼 노동은 값싼 노동대로, 고부가 가치인 일은 또 그런 대로 로봇에게로 넘어갔다. 일자리를 빼앗길 수 없다는 사람들의 반발에 정부 관계자가 말했다.

"새로운 일자리도 많이 생겨나고 있지 않습니까?"

사실이었다. 신형 로봇들이 쏟아져 나오자 그들을 관리하고 보수하고 재설계하는 새로운 일자리도 많이 생겨났다. 새 모델을 연구하고 디자인하고 설계하는 일은 지속적으로 요구됐다. 쏟아지는 데이터들을 분석하고 조직해 새로운 로봇 사업 아이템을 개발해 내는 일들도 계속해서 주목받았다. 물론 그 대부분은 AI들이 스스로 해냈지만, 사람들과 협업했을 때 더 좋은 성과를 냈다. 지금껏 없던 완전히 새로운 걸 생각해 내는 건 여전히 인간이 앞섰다. 갈등을 조정하는 데에도 사람이 꼭 필요했다.

그런데 그 틈에서도 할 일을 찾지 못하는 사람들이 넘쳐 났다. 원래부터 일거리가 없던 사람들은 대부분 시간이 지나도 일이 없었다. 생계는 정부에서 책임졌지만 그걸로 문제가 해결되지는 않았다.

먹고만 살면 인간인가?
우리는 일하고 싶다!

도시 곳곳 담벼락이나 길거리 건물 외벽에는 이런 낙서들이 심심찮게 도배되어 있었다.

세상은 여전히 둘로 나뉘어 있었다. 고가의 AI 로봇들에 둘러싸인 사람들과 아무것도 갖지 못한 사람들. 한편으로는, 관련 여부와 상관없이 로봇을 인정하는 사람들과 거부하는 사람들.

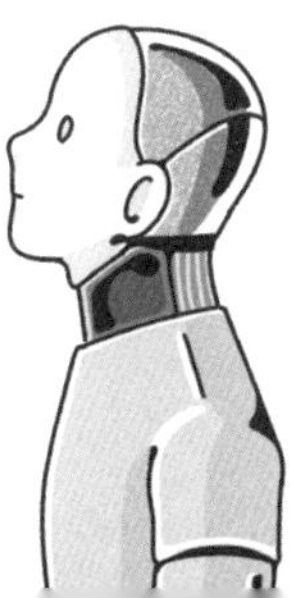

문제도 곧잘 발생했다. 이를테면 약탈과 공격 같은.

공유 주택의 같은 블록 B호에서 직장인 아빠와 함께 사는 소이가 집 뒤의 공원을 지나다가 소녀 안드로이드로 오인받아 위험에 빠질 뻔한 적도 있다. 소이가 아니라고 소리쳐도 표적으로 삼고 쫓아온 패거리들은 믿지 않았다. 마침 엄마가 연구소 동료들과 우리 집에서 같이 저녁을 먹으려고 오다가 목격하지 않았으면 큰일이 날 뻔했다.

소이는 그 일을 잊지 않았다. 그 뒤로 실물로나 홀로그램으로나 우리 집을 제집처럼 들락거렸는데, 엄마에게 어떤 식으로든 의지하고 싶어 그런다는 걸 감각 둔한 나조차 느낄 수 있었다.

*

캔은 지금껏 이런 문제들에서 비교적 자유로웠다. 논란이 되는 어느 쪽에도 속하지 않았다. 인간의 감정을 읽고 반응하며 스스로 생각하고 대화를 나눌 수 있으니, 결코 저가형 단순 노동 로봇은 아니었다. 그렇다고 최신 고지능 휴머노이드처럼 값비싸거나 안드로이드들처럼 인간과 흡사한 모습으로 오히려 배척당하며 혐오의 대상이 된 쪽도 아니었다. 캔은 조금 단순하고 친근한 쪽이었다. 인간의 신체와 이목구비를 똑같이 흉내 냈다기보다는 초기 로봇들의 특징대로 어딘가 애니메이션 캐릭터를 더 닮아 있었다. 피부와 눈동자의 움직임까지 진짜 사람에 가까워진 최신 안드로이드와는 비

교가 안 됐다.

이번 일이 있기 전, 엄마가 걱정스레 말한 적이 있다.

"사람들 참 이상하지? 자기 닮은 인형을 만들려고 오만 애를 쓰다가 막상 비슷해지면 더럭 겁을 먹고 망가뜨리려고 한다니까. 안드로이드 로봇이 그런 인형과 뭐가 달라. 피그말리온은 진짜 사람처럼 여겨서 사랑에라도 빠졌지, 이건 무턱대고 꺼려 하기만 하니……."

캔은 이런 위험을 당할 염려는 없었던 셈이다. 엄마도 그런 뜻으로 한 얘기였다.

캔은 로봇 공학자인 엄마의 친구 유완 아저씨가

15년 전에 선물로 준 로봇이었다. 손수 제작한, 아끼고 있던 로봇을 내가 태어난 기념으로 선물한 거다. 캔이 당시에는 완전 신형인 수준급 연구 로봇이었다는 게 지금은 믿기지 않을 정도다.

어느 쪽으로든 캔이 세상 사람들의 관심 밖이어서 엄마와 나는 차라리 다행이라고 생각했다. 좀 덜 뛰어나고 최고가 아니어도 안전한 쪽이 나았다. 캔은 이미 너무도 익숙하고 편안한, 우리 가족이었기 때문이다. 우리와 15년이나 함께한…….

그런데 그 견고하던 세계가 무너져 버렸다. 한순간에 엄마를 잃었고, 몸을 다쳤고, 이전의 일상은 다시 돌아갈 수 없는 세계가 되어 버렸다.

환상통이 계속됐다. 다리 쪽이 미칠 듯이 가렵

다가 간지럽다가 뻐근해졌다. 없는 그 자리에 없을 수가 없다고 생각하면서, 나는 당장 일어나 걷겠다고 억지를 쓰다 무너지고는 했다.

캔은 기다려 주었다. 내가 생떼를 쓰든, 절망과 싸우든, 분노에 휩싸였다가 주저앉든. 마음도 몸도 시간이 필요했다. 가라앉을 것들이 가라앉고, 휘발될 것들이 휘발될 시간이…….

그리고 조금씩 격랑이 잦아들었다.

*

"아침 준비됐다. 어서 와."

캔은 사고 때 찌그러진 얼굴과 어깨를 어쩌지

못한 채 나를 돌보느라 여념이 없었다. 제대로 복구하고 오라는 내 말을 한 귀로 흘려들었다.

"괜찮다. 겉만 좀 찌그러진걸 뭐. 속이 멀쩡하면 된다."

하지만 속도 그다지 멀쩡해 보이지는 않았다. 충돌 사고 뒤 캔은 내가 묻는 말에 바로바로 대답하지 못했다. 말뜻을 잘 이해하지 못할 때도 있었다. 예전부터 엄마가 종종 했던 얘기를 떠올리면 그리 이상한 일은 아니었다.

"17년이나 되었잖니, 세상에 나온 지가. 기능들이 여전히 멀쩡하면 그게 더 이상한 거지."

그럼에도 사고 전까지 캔은 그렇게 오래되었다는 걸 느낄 수 없을 정도로 튼튼하고 성능도 훌륭했다. 캔을 만든 유완 아저씨가 엄마처럼 꽤 인정받는 로봇 공학자라던 말이 틀린 소리는 아닌 것 같았다.

여덟 살 무렵인가 캔에게 잔소리를 듣고 심통이 나서 투덜댔을 때, 엄마가 그랬다.

"그래 보여도 너보다 두 살 형이야."

나는 로봇이 형이라는 게 어색하고 신기해서 그럼 캔이 남자냐고 물었다. 엄마는 고개를 갸웃했다.

"좀 모호하긴 하네. 남자일 수도 있고 여자일 수도 있고, 둘 다 아닐 수도 있는데……. 정확한 건 유완한테 물어보면 알겠지만, 요새 연락 안 하고 지내서 좀 그렇다. 남자든 여자든 네가 좋은 쪽으로 생각해."

굳이 더 알고 싶은 건 아니었다. 중요한 문제도 아니었다. 캔은 그저 캔이었으니까.

캔은 정기적으로 충전이 필요한 구형 로봇이었지만, 우리 집에 없어서는 안 될 중요한 존재였다. 모든 집안일과 내 생활 관리가 캔 담당이었다.

나에 대해서라면 모르는 게 없었다. 내 성장 기록과 영상은 모두 캔에게 저장되어 있었다. 엄마는 뭔가 잘 기억나지 않으면 바로 캔을 불렀다. 캔은 엄마가 좋아하는 시인들의 시와 가수들의 곡은 모조리 저장하고 있었다. 엄마와 나는 캔이 모르는 신곡을 누가 더 많이 찾아내나 내기를 하기도 했다.

엄마가 바쁠 때면 나는 종일 캔과 지냈다. 같이 게임을 하고 자전거를 타고 간식을 만들어 먹고……. 여전히 나는 캔과 있다. 이제 캔 말고는 아무도 없다. 지금 나에게는 오로지 캔뿐이다.

캔은 병원의 권유대로 내 재활 훈련을 바로 시작했다. 22바이오메디컬센터에서 정교하게 만들어 준 기계 다리로 최소한의 일상은 그런대로 가능해졌다. 하지만 나는 여전히 아무것도 받아들이고 싶지 않았다. 캔은 나를 계속 설득했다.

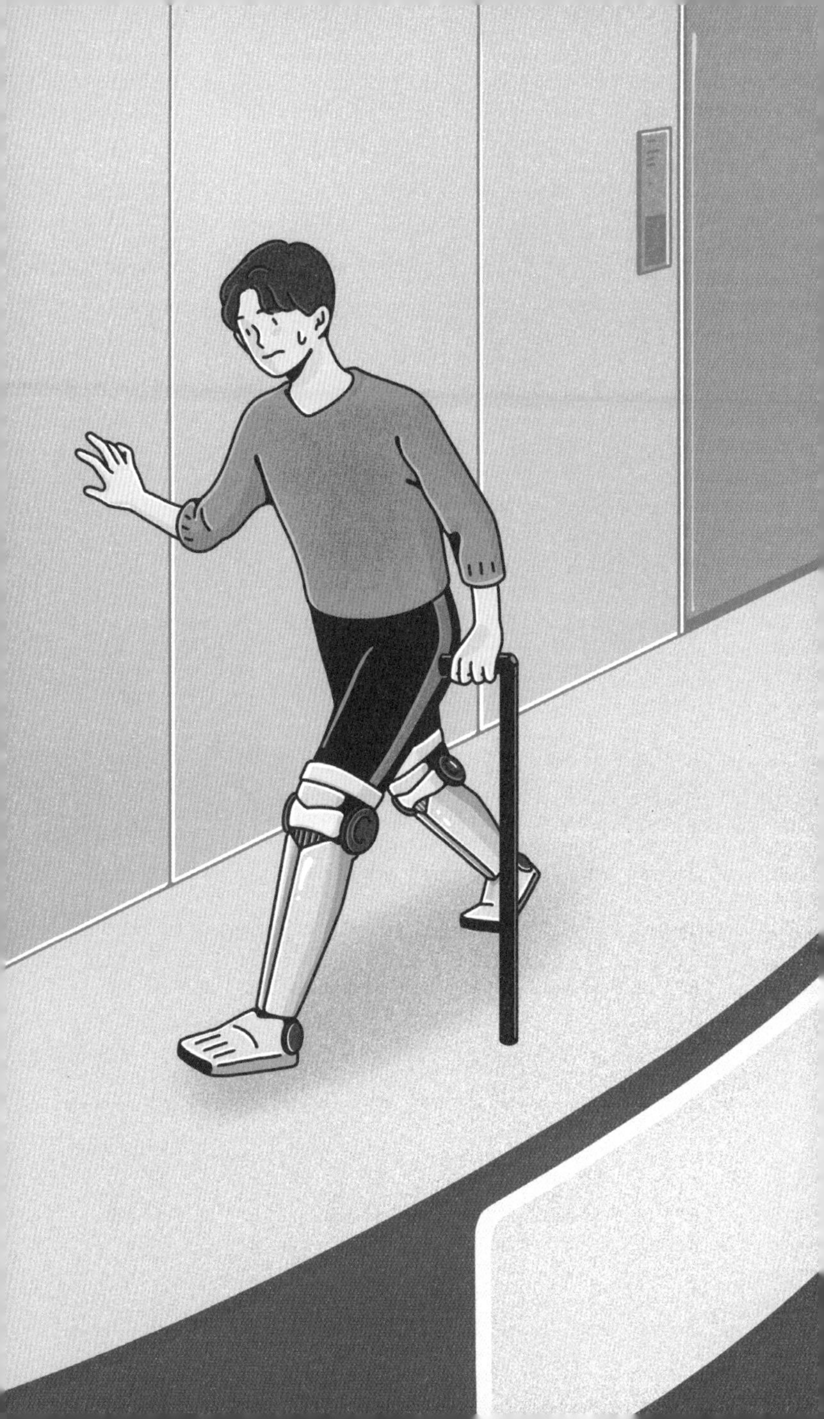

"룬, 조금 달라진 것뿐이다. 예전처럼 뭐든 할 수 있다."

소이도 전처럼 자주 찾아왔다. 엄마가 있을 때처럼 허물없이 굴지는 않았지만 내 일상을 회복하는 데에 자신이 도움이 될 거라고 판단하는 것 같았다. 나로서는 못마땅한 일이었다.

"넌 왜 자꾸 와?"

소이는 들은 척도 하지 않았다. 그래도 달라진 나를 바라볼 때면 까맣고 동그란 눈을 더 크게 뜨려고 애쓰는 걸로 보아 소이 역시

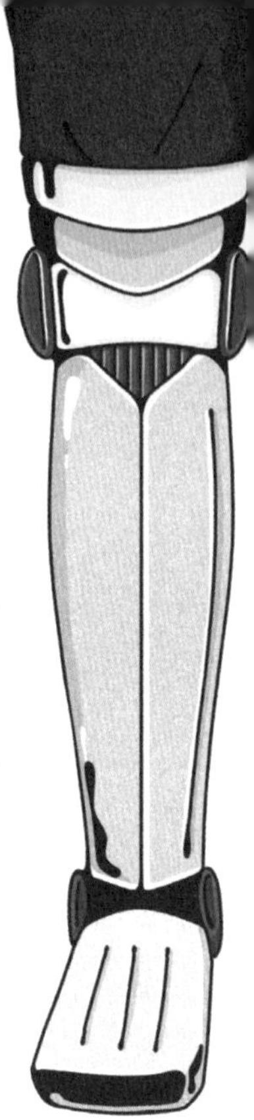

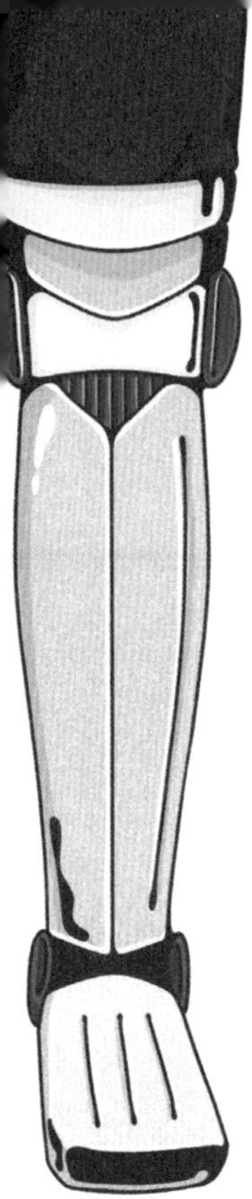

이 상황이 감당하기 벅찬 모양이었다. 나 몰래 엄마 방 쪽을 물끄러미 바라보기도 했다. 엄마가 없는 우리 집이 어쩔 수 없이 낯선 기색이었다. 바쁜 아빠와 살면서 우리 엄마를 많이 따르고 의지하던 참이었으니 당연한 일인지도 모르겠다.

그래도 소이는 의연한 척 애써 태연하게 굴었다. 재활 훈련 장치들을 놓고 캔과 실랑이하는 나를 보고 대수롭지 않은 양 말했다.

"룬, 힘을 좀 빌리는 것뿐이야. 어차피 사람은 누구도 완벽하지 않아. 필요하면 도움을 받을 수도 있는 거잖아."

내가 쏘아보자 소이는 캔에게로 눈길을 돌리면서도 제가 하고 싶은 말은 다 했다.

"우리 가족도 알고 보면 거의 사이보그다 뭐. 내 눈 완전 약시였어. 원래대로 두었으면 지금 너희 얼굴 하나도 안 보였을 거야. 아빠는 허리 디스크로 척추뼈를 절반이나 교체했잖아. 지방에 계신 할머니는 이도 다 갈고. 무릎이랑 손목 시큰거리던 것도 보조 장치를 달아서 이제 괜찮으시대. 태어날 때 몸 그대로인 사람, 별로 없어."

캔이 열심히 고개를 끄덕였다. 나는 씁쓸하게 웃을 수밖에 없었다.

사실 기계 다리는 성능이 뛰어났다. 생체 공학 기술은 진작 완벽한 수준에 도달해 있었다. 이제 마법도 가능하다는 말이 적어도 이 분야에서는 과장이 아니었다.

인류는 이러한 어려움을 극복하는 일에 심혈을 기울여 왔습니다. 저희 의료진은 룬이 고통과 한계를 겪지 않고 행복하게 새 삶을 이어 나갈 수 있기를 진심으로 바랍니다.

퇴원해 집으로 올 때 병원에서 건네준 꽃바구니 속 카드에는 그렇게 쓰여 있었다.

자꾸 움직이지 않으면 재활 효과도 덜하고 신체 기능이 전부 떨어진다며 캔은 매일 나를 데리고 바깥 산책을 나갔다. 몇 주 계속 하자 나도 점차 적응이 되면서 의욕이 살아나고 있었다.

매번 집 밖으로 나가는 일은 용기가 필요했다. 동네 사람들은 내 상황을 다 알고 있었지만 누군가 가까이 다가와 말 거는 건 전혀 달갑지 않았다. 조급한 마음을 따라 주지 못하는 몸을 참아 내며 호흡을 조절하는 것도 여간 갑갑한 게 아니었다. 맨몸이 아닌, 기계 다리의 이물감과 절차가 성가시기도 했다. 캔은 조금도 봐주려고 하지 않았다.

"룬, 꾀피울 생각 마."

"누가 꾀피운대? 좀 쉽게 하고 싶다는 거지."

"안 돼, 룬. 오늘은 어제보다 1.5배 더 걸어야 한다."

“너 때문에 정말! 어휴.”

캔의 성화에 불퉁거리며 거실에서 뭉그적댈 때였다.

쨍그랑!

2층 엄마 방 창문이 깨지는 소리였다. 캔과 나는 둘 다 그대로 몸이 굳어 버렸다. 잠시 뒤 소이의 고함 소리가 들렸다.

“야! 너네 무슨 짓이야? 거기 꼼짝 말고 있어!”

하지만 현관문을 열고 급히 내다보았을 때는 이미 멀찌감치 달아나는 아이들의 뒷모습밖에 보이지 않았다.

"쟤들 뭐야?"

내가 휘둥그레져서 물었지만 캔도 고개를 저을 뿐이었다.

단서는 다른 사람이 들고 왔다. 오늘 아침 집 앞에서 캔이 내게 조깅용 외골격 옷을 입히려고 애쓰고 있을 때였다. 어느 정도 산책이 순탄해지자 캔은 자신감이 붙어 내 운동 강도를 대폭 높이려는 중이었다.

"지금 바로 뛰라는 건 아니고, 기분만 내라는 거다. 룬, 몸이 훨씬 가볍게 느껴질 거다."

"캔, 그래도 이건……."

캔이 적극 권하는 외골격 옷은 솔직히 디자인이 그리 나쁘지 않았다. 상용화 초기의 둔탁하고 부자연스러운 디자인은 세련되고 매끈해졌다. 몸에 장애가 없는 사람들도 고난도 스포츠나 위험도가 높은 작업을 할 때 많이들 착용했다. 하지만 나는 기계 다리에 기계 옷까지 입고 중무장 사이보그가 된 기분을 맛보고 싶지 않았다.

우리가 실랑이하고 있을 때, 웬 낯선 차가 집 앞에 와 섰다. 차만 봐도 머릿속에서 폭발음이 울렸다. 나도 모르게 눈을 질끈 감았다. 차에서 누군가

내려 내게 인사를 건네는 소리가 들렸다.

"이룬? 네가 룬이지?"

나는 눈을 뜨고 떨떠름하게 그 사람을 보았다. 처음 보는 중년 남자였다. 내키지 않는 외골격 옷을 반쯤 걸친 채 낯선 이와 어정쩡하게 인사를 하는 꼴이라니. 내 표정이 어색하게 굳자 남자는 황급히 정체를 밝혔다.

"네 엄마 이영 박사랑 로봇 공학을 같이 공부한 친구야. 민수철이라고 해."

엄마랑 같이 공부한 친구가 유완 아저씨 말고

또 있었던 모양이다. 하긴 로봇 공학도야 엄마 주위에 흔하디흔했을 테니 새삼스러울 건 없었다.

그런데 반갑지 않았다. 민수철 씨가 손을 건네 악수를 청했지만 모른 척해 버렸다. 민수철 씨가 미간을 찌푸리며 말했다.

"네 엄마 일은 정말 뭐라고 위로해야 할지…….
그건 그렇고 급한 얘기를 어서 해야겠구나. 아,

얘가 캔이지?"

민수철 씨가 캔을 아나 싶어 뒤를 돌아보았다. 캔도 이제야 민수철 씨를 알아본 눈치였다. 예전 같으면 캔이 먼저 인사를 건네고 내게 바로 소개했을 거다. 그런데 사고 뒤 캔은 눈에 띄게 순발력이 떨어져 있었다.

"아아, 오랜만입니다, 민수철 님. 10년 만인가요?"

10년? 캔은 민수철 씨를 10년 전에 본 적이 있는 모양이었다. 민수철 씨 얼굴이 초조해졌다.

“여기서 이러고 있을 때가 아니야. 캔이 지금 무척 위험하단다. 안에 들어가서 자세히 얘기하마.”

나는 어리둥절해하며 민수철 씨를 집 안으로 들였다. 집에 들어선 민수철 씨는 두리번거리며 거실을 살피다 얼른 입을 뗐다.

"그날 사고가 사실은 단순 교통사고가 아닌 거, 알고 있니?"

"그게 무슨……?"

"상대방 차가 진로를 이탈해 덮친 거였지? 누군가가 그 차의 주행 장치를 해킹해 폭주시킨 게 틀림없어."

"네? 아니, 왜 그런……. 대체 어, 어떤 사람들이요? 왜?"

"네 엄마를 노렸을 거야. 의도적으로 상대 차를 폭주시켜 충돌 사고를 일으킨 거지. 겁만 주려던 거였는지 모르지만 예상보다 사고가 커져서……."

“어, 엄마를 왜요? 대체 누가 그런 끔찍한 짓을……?”

나는 당황해 말을 잇지 못했다. 캔도 놀랐는지 민수철 씨에게 눈을 고정한 채 얼어붙어 있었다. 나는 가까스로 정신을 차리고 물었다.

“로봇에게 일자리를 잃은 사람들 소행인가요?”

민수철 씨는 고개를 저었다.

“그 사람들에게 책임을 덮어씌우려는 원리주의 극단론자들일 가능성이 더 커. 행동으로 과시하는 로봇 혐오주의자들이라고 할 수 있지.

마치 종교적인 이유가 있는 것처럼 포장하지만 명분일 뿐이고, 그보다는 세계 자본의 이해관계에서 비롯된 거겠지."

머리가 복잡해졌다. 민수철 씨가 말을 이었다.

"네 엄마가 로봇 보호법 제정에 힘쓰고 있던 건 알고 있니?"

처음 듣는 애기였다. 엄마가 로봇 권리를 인정하는 로봇 공학자인 거야 예전부터 알고 있었지만, 보호법 제정에까지 힘쓰고 있는 줄은 몰랐다. 알았다고 해도 놀라울 건 없었다. 엄마는 사고하는 능력이 있는 로봇은 존중받을 권리가 있다고 평소에도 말해 왔으니까. 인격체에 준해 판단하고 대해야 한다고도 늘 얘기해 왔다.

"지성과 감성을 지닌 로봇은 함부로 취급하지 않아야 해. 그건 인간이 품격을 지키는 기본 태도라고 할 수 있어."

엄마는 로봇도 관계를 통해 성장한다고, 결국은 사람이 어떻게 인식하고 대하느냐의 문제라고 늘 말해 왔다. 그런 생각을 하는 엄마가 로봇 혐오주의자들의 표적이 되었다니!

로봇 보호법 같은 게 제정되면 로봇에 대한 소유권이 분산돼 이익이 줄고 귀찮은 일들은 많아질 거라고 예상하는 세력이 있다는 얘기였다. 그자들이 엄마 같은 활동가들을 겁박하고 공격하고 있는 것이다. 우리 차가 구형이라 해킹이 어려워지자, 마주 오던 차의 주행 장치를 원격 조종해 공격해 왔던 것이다. 온몸에 소름이 돋았다.

"캔도 노렸을 텐데, 워낙 구형이라 최신 해킹 수법이 안 먹혔을 거야."

민수철 씨의 얘기를 들으며 캔도 그날의 상황을

다시 떠올리고 있는 것 같았다.

그때 예고도 없이 소이가 홀로그램으로 불쑥 뛰어 들어왔다. 홀로그램 속 소이는 얼굴에 당황한 기색이 역력했다.

"룬, 뉴스 봤어? 나 지금 아빠랑 점심 먹으려고 시내에 나왔는데, 여기 난리도 아냐. 여기저기서 차들끼리 부딪치고 로봇들은 픽픽 쓰러지고, 도로에 뛰어들고, 강으로 뛰어내리고……. 블랙 해커들의 조종에 속수무책 당하고 있는 거래. 그날 너네 사고도 그냥 교통사고가 아니었던 거 아냐?"

그렇다면 병원에서 깨어날 때 눈앞을 어지럽혔

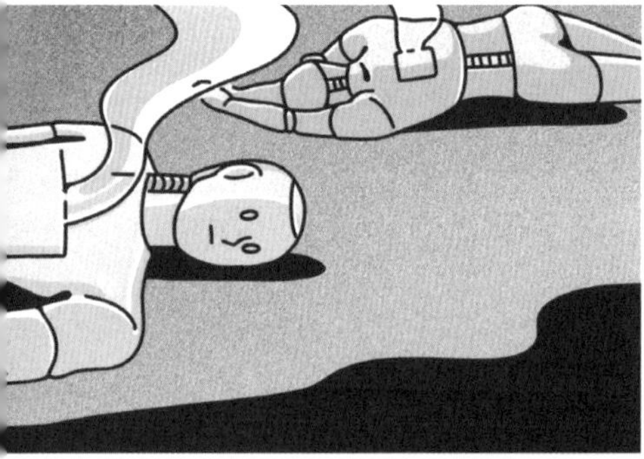

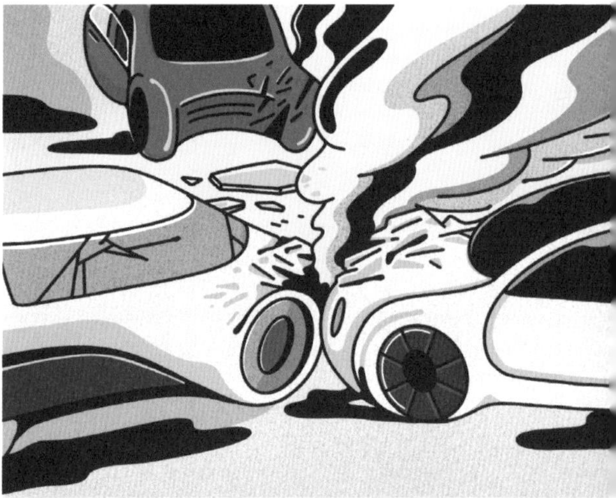

던 장면들은 환상이 아니라 실제 상황이었던 건가? 거리가 불타고, 사람들이 몰려다니며 무언가를 집어 던지고, 때려 부수던……? 도로의 자율 주행차들과 길거리의 로봇들이 일차 공격 대상이라는 얘기다. 그날도 우리 차가 해킹당해 폭주해 온 맞은편 차량과 충돌하면서 그 난장판 불구덩이 속으로 그대로 달려 들어갔던 거다.

그때의 악몽을 떠올리기 싫어 바깥소식을 의도적으로 차단하며 지냈다. 그동안 주위 사람들 역시 내가 받을 충격을 염려해 구체적인 이야기는 굳이 들려주려고 하지 않았다.

민수철 씨에게 더 자세한 정황을 물어보려는데 핸드폰이 울렸다. 우리 사고를 전담했던 담당 경찰이었다.

"이룬?"

"네."

나는 민수철 씨와 캔과 소이의 홀로그램 쪽에 한 차례씩 눈길을 주며 담당 경찰이 하는 말에 귀를 기울였다.

"몸은 좀 괜찮니?"

담당 경찰은 의례적으로 묻고는 답을 기다리지 않고 바로 본론을 전했다.

"그날 상대 차의 주행 장치를 분석해 본 결과가 나왔다. 표적을 골라 원격 조종으로 폭주 사고를 일으키는 국제 해커단 짓으로 밝혀졌어. 국내 관련자들을 일부 체포해 수사 중이니까 수사 결과가 나오는 대로 알려 주마. 상대 차 제조사와 보험사들 간에 책임 논의가 아직 안 끝났는데, 협의가 되는 대로 그 내용도 전달해 주마."

한꺼번에 너무 많은 이야기를 들어 머리에 두통이 이는 것 같았다. 캔은 내 상태가 걱정스러운지 손목을 잡고 맥박과 체온을 체크했다. 소이가 홀로그램 속에서 캔을 걱정했다.

"캔도 이럴 때는 조심하는 게 좋겠어. 건물 안에 있던 로봇도 끌어내는 거 봤어. 나도 어서 움직여야겠다. 돌아가서 다시 연락할게."

소이는 영상 방문을 끝내고 눈앞에서 사라졌다. 민수철 씨가 마른 입술을 적시며 손깍지를 연거푸 꼈다 풀더니 초조한 듯 말했다.

"그래서 말인데, 캔을 당분간이라도 피신시키는 게 좋을 것 같다. 내가 더 안전한 데로 데려가마. 널 위해서라도 말이야. 그게 좋겠지? 어때?"

예상치 못한 얘기였다. 로봇 반대론자들의 시위는 심심찮게 계속 있었다. 소이가 당할 뻔했을 때처럼 노골적인 혐오감을 드러내는 패거리들도 늘 있었다. 길거리에 다니는 안드로이드의 다리를 걸

거나 침을 뱉는 일은 비일비재했다. 하지만 이렇게 도시 전체가 심각했던 적은 없었다. 소이 말에 따르면 로봇 모두가 위협받고 있는 거다. 캔도 안전하지 않다는 소리였다.

민수철 씨 말대로라면 캔을 바로 데려가 달라고 부탁해야 옳았다. 하지만 나는 마음의 준비가 전혀 되어 있지 않았다.

"네? 아, 네. 아무래도 그래야겠네요……. 그게 좋겠어요. 저…… 근데 그러려면 준비도 좀 해야 해서……."

"준비가 뭐가 필요해? 당장 피하는 게 급선무지. 이 동네로도 언제 몰려올지 몰라."

민수철 씨가 쫓기듯 내 말을 끊었다. 그 말이 맞았다. 어서 서둘러 피하게 해야 한다. 그래도 나는 여전히 단호하게 결정을 내리지 못했다.

"그게…… 캔도 정리할 게 좀 있을 테고요. 내일, 내일 다시 데리러 와 주시면 안 될까요?"

민수철 씨가 맞잡은 두 손을 비비다 초조한 듯 깍지를 풀어 바지 양 무릎을 문질렀다. 마뜩지 않으나 어쩔 수 없다는 표정이었다.

"음…… 그래, 알았다. 내일, 내일 다시 오마. 그때까지 혹시 모르니까 집 밖으로는 나가지 마라. 알겠지?"

민수철 씨는 캔에게도 내일 보자는 인사를 남기고는 밖으로 나가 주위를 두리번거리더니 차에 올랐다. 캔과 나는 민수철 씨가 떠난 뒤에도 한참 동안 멍하니 서 있었다.

"루, 룬?"

캔이 더듬거리며 내 이름을 불렀다. 캔도 몹시 놀란 게 틀림없었다. 지금껏 우리 집과 나를 떠나 다른 데로 간다는 생각은 단 한 번도 해 본 적이 없었을 거다.

나도 캔이 없는 생활은 상상할 수 없었다. 하지만 상황이 분명 심상치 않았다. 며칠 전 엄마 방 창문에 날아든 돌도 이 문제와 관련이 있는 게 틀림없었다. 힘들어도, 아마 엄청나게 힘들겠지만, 캔을, 보내야 했다.

나는 캔을 마주 볼 엄두가 나지 않았다.

"캔, 내일 갈 준비 해. 얼마나 걸릴지 모르겠다. 물론 곧 올 테지만……. 나도 뭐가 필요할지 좀 생각해 볼게."

나는 부러 딱딱하게 말하고 내 방으로 가려다 몸을 돌려 2층으로 올라갔다. 처음으로 캔과 떨어져 있게 될 거라고 생각하니 좀체 마음을 잡을 수가 없었다. 캔에게 무슨 준비를 해 줘야 할지 아무 생각도 나지 않았다. 또 나를 위해서는 무얼 챙겨

달라고 부탁해야 할지도 머릿속에 전혀 떠오르지 않았다.

엄마는, 이영 박사라면, 이럴 때 어떻게 했을까. 캔을 처음부터 알고 있던 엄마니까, 또 로봇 전문가니까, 이런 일도 예상하고 뭔가 특별한 지침이나 당부라도 해 놓지 않았을까.

나는 사고 뒤 단 한 번도 들어가 보지 않았던 엄마 방으로 들어갔다. 적막하게 고여 있던 공기가 흔들리면서 가볍게 현기증이 일었다. 창문 크기만큼 바닥에 드리운 햇빛에 먼지 알갱이들이 갈 곳을 모른 채 떠다니고 있었다.

엄마 방의 사물들은 그날 상태 그대로였다. 언제든 내가 오리라는 걸 알았다는 듯 차분하게 제자리를 지키고 있었다.

나는 책상으로 가 컴퓨터를 켰다. 엄마의 작업 메뉴들이 투명 스크린으로 방 안에 한가득 펼쳐졌다. 나는 막막한 심정으로 이것저것 건드려 보았다. 무슨 확실한 답을 얻으리라는 기대는 없었다. 마음을 진정하려고 그냥 뒤적거려 보는 거였다. 엄마가 연구하던 과제들, 쓰던 글들, 진행하던 프로젝트들, 동료들과 주고받은 문서들, 사진첩들…….

그러다 문득 사진 한 장에 눈길이 멎었다. 엄마의 학창 시절 사진이었다. 엄마는 양옆에 선 또래 남학생 둘과 활짝 웃고 있었다. 그 얼굴들이 어쩐지 눈에 익었다. 사진 제목을 확인해 보았다.「완과 수철과 함께. 로봇 학회 주제 발표 뒤」.

역시 느낌이 맞았다. 왼쪽 청년은 아까 다녀간 민수철 씨였다. 그렇다면 오른쪽 청년은, 완? 15년

전 내가 태어났을 때 캔을 선물했다는 그 로봇 공학자 유완? 친구라고 했으니 틀림없는 것 같았다. 그런데 왜 얼굴이 낯이 익지? 어릴 때는 몇 번 본 적도 있는 것 같은데, 얼굴은 전혀 기억에 남아 있지 않았다. 엄마에게서 얘기를 들은 지도 한참 됐다. 캔과 늘 함께 지내면서도 아저씨의 존재는 정작 잊다시피 하고 있었는데, 뜻밖에 옛 모습을 보

게 되었다. 그 모습이 너무 낯익고 친근해서 도리어 어리둥절한 기분이었다.

하지만 생각을 더 이어 갈 수 없었다. 수상한 파일이 눈에 띄었기 때문이다.

「구형 로봇 채집가 민수철」.

유완 아저씨가 엄마에게 최근에 보낸 문서였다.

구형 로봇을 제조할 때 들어가는 희소 성분이 채집가들의 목적이다. 이들은 채집 로봇을 녹여 희소 물질을 얻어 내 고가에 거래하고 있다.

아저씨는 그 문서를 보내며 엄마에게 주의를 주고 있었다.

우리가 잘 아는 민수철도 그들 사이에서 지금 꽤 악명을 떨치고 있어. 상당한 수준으로 축적한 전문 지식으로 어설픈 초짜들을 압도하는 거겠지. 언제 어떻게 만든 로봇들에 얼마만큼의 희소 물질이 쓰였고, 그래서 어떤 게 진짜로 값나가는 채집 대상인지 누구보다 잘 알고 있을 테니까…….

그런 이유로 구형 로봇들을 추적하고 다니는 자들이 암암리에 활개를 치고 있으니 조심하라는 내용이었다. 유완 아저씨는 한때 친구이자 같은 로봇공학도였던 민수철 씨가 그런 채집가들 가운데서도 두드러지는 존재라며 안타까워하고 있었다.

엄마는 이 문서를 확인하고 답신도 보낸 상태였다.

10년 만에 이런 일로 소식을 주고받게 되네. 로봇에 쏟는 집념과 애정은 한결같구나. 그래, 이제 알겠어. 로봇이 사람만큼 소중하냐며 서운해하고 다툰 거 옛날 일로 넘기자.
민수철이 변한 건 진작부터 알고 있었어. 그치한테 로봇은 그저 돈일 뿐이었거든. 수익성 높은 신형 로봇 사업을 추진하다가 실패하더니, 예전에는 거들떠도 안 보던 구형 로봇을 팔아서 쏠쏠히 챙기는 모양이지? 충격은 충격이다. 그 희소 물질, 로봇 심장 만드는 데 들어갔던 거잖아. 로봇은 마음으로 낳는 미래 시대의 아이들이라고 말한 학자도 있는데, 우리는 그런 걸 같이 공부하며 배웠는데, 제 아이 심장 꺼내 팔아서 먹고사는 놈이라니…….

로봇 채집가들은 모든 로봇을 무차별 공격하는 혐오주의자들과는 달리 희귀 물질을 빼내 이득만 챙기는 자들 같았다. 구형일수록 희귀 물질이 많이 들어가 값어치가 나간다는 것도 처음 안 사실이었다. 민수철 씨는 그걸 누구보다 잘 알고 있고, 캔이 바로 그런 로봇 가운데 하나라는 걸 채집가 중 거의 유일하게 아는 인물인 셈이었다. 옛 우정도 사람의 도리도 다 팽개치고, 오로지 높은 수익의 채집 목표물만을 가로채기 위해 우리에게 온 것이다.

유완 아저씨가 엄마에게 다시 보낸 짧은 답신은 읽지 않은 채였다. 사고가 나기 바로 전 도착한 메일이었다.

도심 상황이 좋지 않아. 캔도 위험할 수 있어. 룬에게 잘 보호해 달라고 부탁해 줘.
요즘 블랙 해커들 조짐이 심상치가 않네. 몸조심해.
우리 같은 사람들 하나하나의 역할이 무척 중요한 때야.

이 답신을 열어 보았다면 엄마는 그날 다른 선택을 했을까? 분명 그랬을 것이다. 적어도 시내에서 나와 캔과 시간을 보내고 사소한 볼일을 보려던 계획은 바꾸지 않았을까. 머릿속에서 차량 충돌음이 들렸다.

몸이 덜덜 떨려 왔다. 민수철이라는 자의 접근 목적이 너무도 분명해졌기 때문이다. 어떻게 이럴 수가. 친구였다면서. 게다가 친구가 세상을 뜬 마당에, 자식만 남은 집에 찾아와 어떻게 이런 수작을…….

그런 자가 내일 캔을 데려가겠다고 한다. 그런 자에게 캔을 데려가도 좋다고 말했다. 가슴이 둥둥 울렸다. 머리끝이 계속 쭈뼛쭈뼛 섰다.

"안 돼, 안 돼."

나는 내내 반복해 중얼거렸다. 아래층에서는 캔이 소이와 얘기를 나누고 있었다. 소이는 그새 시내에서 돌아와 곧바로 우리 집으로 뛰어온 것 같았다. 시내 상황을 자세하게 얘기해 주러 왔을 텐데, 캔 얘기에 더 놀라고 있음에 틀림없었다.

"캔이 떠난다고? 아까 그 사람하고? 그럼 룬은 누가……?"

"잠깐, 잠깐일 거다. 소이를 믿는다. 그동안 우리 룬 도와줄 거라고."

"내가? 음. 무, 물론 그럴 거긴 하지. 나라도 있어야지. 내가 그래도 룬을 좀 알긴 하니까."

소이가 마음대로 근거 없는 얘기를 하고 있었다. 탓할 마음도, 그럴 시간도 없었다.

"그렇긴 한데……. 후우! 알았어. 순서대로 차근차근 말해 봐."

캔과 소이는 나를 두고 이런저런 얘기를 주고받으며 도움이 필요한 것들을 확인하고 있었다. 캔의 목소리에는 처음으로 익숙한 곳을 떠나 낯선 데로 가야 한다는 불안과 걱정이 묻어 있는 것 같았다. 하지만 내일 자신을 기다리는 진짜 운명이 무엇인지 캔은 아마 짐작도 못할 것이다. 나 역시, 방금 전까지도 그랬으니까.

울고 싶었다. 엄마가 있으면 이럴 때 방법을 가

르쳐 줄 텐데. 소이에게도 이 사실을 얘기할 엄두가 나지 않았다. 소이든 누구든 너무 충격이 큰 얘기일 것이다. 나도 모르게 일어나 방 안을 서성였다. 사진 속 민수철의 모습을 노려보고 욕을 내뱉었다.

"나쁜 자식!"

이런 시기에 거짓 낯짝으로 옛 친구의 아들을 속이러 나타나? 내가 모를 줄 알고. 사실 감쪽같이 속을 뻔하긴 했다. 아까 급한 마음에 캔을 바로 데려가게 했으면 어쩔 뻔했담. 생각만 해도 아찔했다. 진작 엄마 방에 올라와 볼걸. 지금이라도 와서 이 중요한 문제를 알게 되었으니 얼마나 다행인지!

유완 아저씨는 이 사실을 어떻게 알게 된 걸까? 요즈음 활발히 활동하는 로봇 공학자이니 이런 일들을 모를 수가 없겠지. 아마 엄마가 참여하던 로봇 보호법 제정 운동에도 깊이 관여하는 사람일 거다. 로봇에 관한 한 두 사람 생각은 크게 다르지 않을 것 같은데, 왜 10년씩이나 서로 소식을 주고받지 않았던 걸까? 친구라면서 크게 싸우기라도 했나? 무슨 일로? 괜한 궁금증을 키우다 문득 갸웃해졌다. 이상하다. 정말 왜 저렇게 눈에 익은 거지? 다시 한번 그 사실을 느끼고 별안간 소스라쳤다.

"설마……."

엄마는 단 한 번도 내게 아빠의 존재를 말해 준

적이 없다. 물론 나만의 착각일 수 있다. 그냥 짐작일 뿐이다. 그런데 육감이라는 게 자꾸만 스멀댔다.

아, 이런 생각에 빠져 있을 때가 아니다. 내 출생의 비밀 같은 건 나중에 확인해도 늦지 않다. 서둘러야 할 게 있다. 나는 혹시 몰라 검색기에 '로봇 공학자 유완'을 입력해 보았다. 메신저 창이 바로 떴다. 이렇게 쉽게 열려도 되는 걸까? 자신을 방어할 장치는 충분히 마련해 놓았으니 염려 말라는 자신감의 표현일까. 나는 불필요한 신원 확인 과정을 생략하려고 유완 아저씨가 엄마에게 남긴

이메일 주소로 바로 연락을 했다. 용건만 밝혔다.

이룬입니다. 캔 일로 통화하고 싶습니다.

3초도 안 돼 답이 왔다. 전화번호를 알려 주는 숫자뿐이었다. 군더더기를 싫어하는 성격이 마음에 들었다. 나는 바로 전화를 걸었다. 사실 1초가 아쉬운 상황이었다.

"룬이니?"

"도와주세요."

*

"같이 가, 룬."

"빨리 와."

조깅용 외골격 옷은 기대 이상으로 성능이 좋았다. 유완 아저씨와 만나기로 한 집 뒤 공원 시계탑까지 뛰어가는 동안, 나는 내내 캔보다 앞섰다.

기계 다리에 기계 슈트까지 껴입은 보람이 있었다. 달이 없는 밤이라 다행이었다. 어둠이 우리의 움직임을 무사히 가려 주었다. 시계탑 근처 아름드리 버드나무 아래에 유완 아저씨의 차가 밤 고양이처럼 엎드려 있었다.

캔과 내가 다가가자 아저씨가 차에서 내렸다.

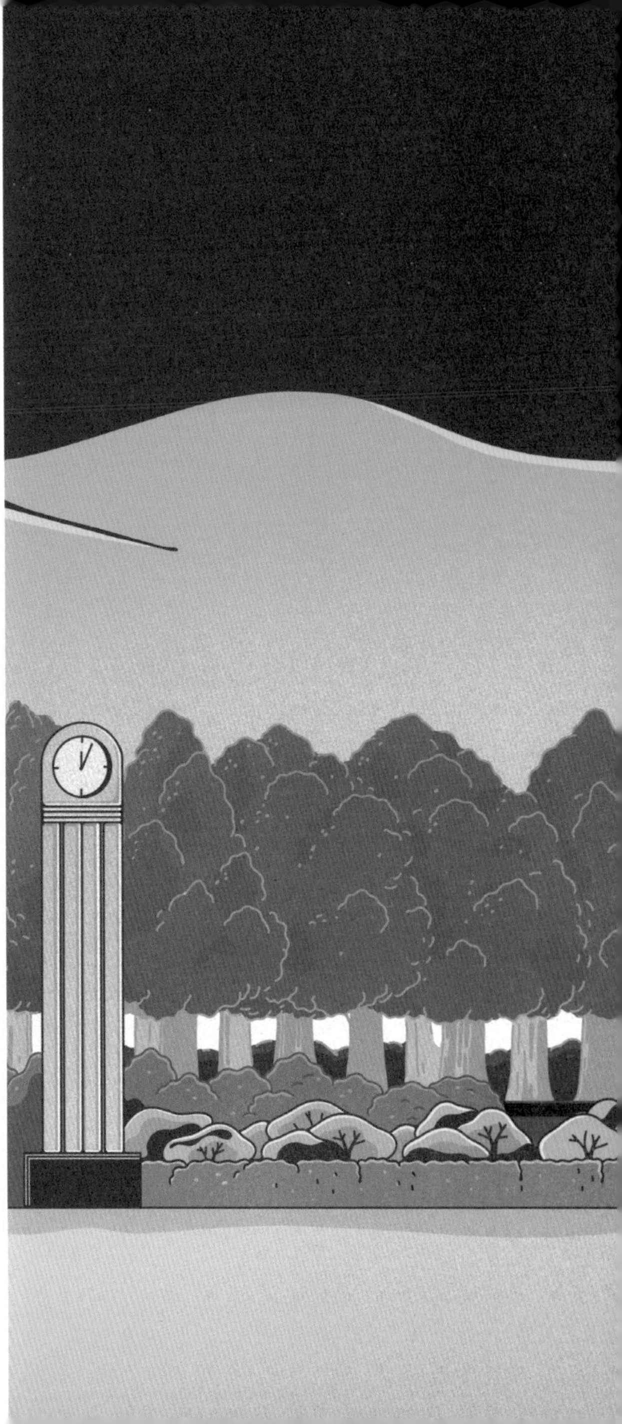

어둠 속이지만 사진과 크게 다르지 않은 유완 아저씨의 나이 든 얼굴이 웃고 있었다.

"룬."

"네."

그럴 새가 아니었는데도, 이상하게 익숙한 아저씨 얼굴을 보자 엄마 생각에 마음이 저릿해졌다. 뭔가 더 말을 해야 할 것 같았지만, 떠오르지 않았다. 어쩌면 달리 말이 필요 없을 것도 같았다. 나는 얼른 마음을 추스르며 머쓱한 웃음을 짓고는 어깨를 으쓱해 보였다. 아저씨도 말없이 내 어깨만 그저 꾹 잡아 주었다. 지체할 시간이 없었다. 나는 캔을 돌아보았다. 캔도 나를 바라보았다.

"가, 어서."

캔이 나를 감싸듯 끌어안았다. 아마도 우리가 다시 만났을 때는 내가 캔을 감싸 안아 주게 될 것 같았다. 나는 계속 크고 있는 중이니까.

쾅, 어디선가 자동차들이 부딪치는 소리가 들렸다. 깜깜한 하늘 위로 불꽃이 튀었다. 캔이 정말 꼭꼭 잘 숨어야 할 것 같았다. 좀 오래 떨어져 있어야 할지도 모른다.

"캔."

내가 부르자 캔은 무슨 말을 할지 안다는 듯 고개를 끄덕였다. 나는 하고 싶은 말을 속으로 삼켰다.

'캔, 고마웠어. 나를 지켜 줘서……. 잘 있을 거지? 나도 잘 있을게!'

캔은 내 마음속 말을 듣기라도 한 듯 대답했다.

"룬, 나 잘 할 수 있다. 나 캔이잖아, Can."

캔이라고 이름을 지어 준 게 정확히 누구인지 모르겠다. 어릴 때 들었을 텐데, 생각이 안 난다. 유완 아저씨가 원래 그렇게 지어 준 건지, 엄마가 선물로 받으면서 붙여 준 이름인지, 내가 말을 익히면서 그렇게 부른 건지…….

아무래도 좋다. 깡통이라고 놀리기도 했는데, 이제 비로소 나는 내 오랜 친구의 이름을 그 뜻대로 불러 주었다.

"캔! 꼭 다시 보자."

차에 타려다 말고 캔이 주먹을 내밀었다. 나는 내 주먹을 들어 마주 박치기를 해주었다. 내가 씩 웃자 캔도 빙긋 웃고는 아저씨가 기다리는 차에 올랐다.

캔을 태운 유완 아저씨의 차에서 헤드라이트 불빛이 켜졌다. 두 줄기 빛이 어둠 속으로 길을 열고 있었다.

작가의 말

임어진

10년 넘게 썼던 노트북이 작동을 멈추었다.
더 이상 새 작업을 수행하지 못하고, 화면에 이상한 줄이 죽죽 생겨났다.
헤어질 때가 되었다는 걸 인정해야 했다. 데이터를 모두 지우고 작별 인사를 했다.
오랜 작업 동반자에게 왠지 그렇게 해 주고 싶었다.
기계의 문제는 결국 사람의 문제이다.
인간과 인간 사이의 문제를 인간과 기계의 문제로 혼동해서는 안 되지 않을까.
룬과 캔이 꼭 다시 만났으면 좋겠다.

소설의 첫 만남 21

아이 캔

초판 1쇄 발행 | 2020년 7월 24일
초판 5쇄 발행 | 2022년 12월 9일

지은이 | 임어진
그린이 | 임지수
펴낸이 | 강일우
책임편집 | 정민교
펴낸곳 | (주)창비
등록 | 1986년 8월 5일 제85호
주소 | 10881 경기도 파주시 회동길 184
전화 | 031-955-3333
팩시밀리 | 영업 031-955-3399 편집 031-955-3400
홈페이지 | www.changbi.com
전자우편 | ya@changbi.com

ISBN 978-89-364-5931-4 44810
ISBN 978-89-364-5925-3 (세트)